# *tout*
## CE QU'IL VOUDRA

3

ANYTHING HE WANTS : LOVE AND WAR
by Sara Fawkes


Imprimé en Allemagne par GGP Media GmbH, Poessneck, en novembre 2012
ISBN : 978-2-501-08462-8
4127064/ 02
dépôt légal : décembre 2012

SARA FAWKES

# *tout* CE QU'IL VOUDRA

## en amour comme à la guerre

*Traduit de l'anglais (États-Unis) par Maxime Eck*

**Red Velvet**

*Je dédie cette histoire au Mec et à ma famille,*
*qui ont toujours été fiers de moi,*
*même quand j'écrivais des âneries !*

*À ma merveilleuse éditrice, Delta, qui,*
*encore et toujours, me sauve la vie !*

*Et à ma famille élargie sur un certain forum – vous méritez tous d'être cités pour m'avoir donné le courage de faire ceci. Merci un million de fois !*

# 1

Paris brillait autant la nuit que le jour. Mais j'étais trop nerveuse pour y faire attention.

Tout en regardant la ville défiler à travers la vitre de la voiture, je lissai la robe chic et chère que je portais. En ce moment, le nœud que j'avais dans le ventre était dû aux craintes que j'éprouvais sur ce qui m'attendait dans cette histoire et moins à celles que m'inspirait l'homme assis à côté de moi, une main possessive plaquée sur ma cuisse.

À peine quarante-huit heures avant, je me débattais pour m'en sortir, pensant avec terreur qu'il suffirait d'un seul mois sans revenus pour être à la rue. À présent, je portais une tenue et des souliers qui coûtaient trois fois mes salaires précédents, et j'allais à un gala de charité auquel seuls étaient conviés les hommes les plus riches du monde… Celle que j'avais été me semblait à des années lumière ! Après une journée pendant laquelle j'avais dû me pincer pour vérifier que je ne rêvais pas, je devais admettre que tout ça était bien réel.

– Vous avez l'air fébrile.

Ces mots prononcés d'une voix douce m'amenèrent à avaler ma salive. Incapable de lever les yeux sur mon compagnon, je fixai sa main posée sur ma cuisse et j'observai la décontraction avec laquelle son pouce épais caressait le tissu de ma robe.

–Je suis terrifiée, avouai-je.

Je ne réussis pas à en dire plus tellement mes émotions embrouillaient mes pensées et m'empêchaient de réfléchir convenablement. Jeremiah salua ma réponse d'un vague murmure, et le silence retomba. La tour Eiffel étincelait sur l'horizon ombreux, tel un signal lumineux au-dessus de la ville animée. Même ce spectacle ne put m'arracher à mes idées noires.

–Quel est l'endroit en France que vous aimeriez visiter par-dessus tout?

La question me déstabilisa. Je me tournai vers Jeremiah, dont les prunelles vertes étaient songeuses.

–Pardon?

Il montra les bâtiments devant lesquels nous passions.

–La plupart des gens veulent voir la tour Eiffel, faire la route des vins ou je ne sais quoi d'autre parmi toutes les possibilités qu'offre le pays. Et vous?

J'eus beau me dire qu'il était bizarre de me demander ça à ce moment précis, mais je n'hésitai pas.

–Les plages de Normandie.

Ce souhait me poursuivait depuis l'enfance.

–Vraiment?

Jeremiah cligna des yeux et j'eus l'impression que, pour une fois, je l'avais déconcerté. Cela me fit sourire.

–Mon père était passionné par la Seconde Guerre mondiale, expliquai-je. J'ai baigné dedans toute ma vie. Avec des films, des documentaires… Il faut croire que j'ai été contaminée.

S'il m'était douloureux d'évoquer mon père, cela avait aussi un effet cathartique étonnant. Pendant presque trois ans, j'avais évité de penser à mes parents. Mais ces souvenirs étaient agréables, et je me détendis.

–Il adorait regarder les reportages sur la chaîne Histoire quand on célébrait un événement militaire quelconque, repris-je. Ces jours-là, ma mère le traitait de bon à rien et de boulet, mais elle le laissait à ses émissions. Il y avait une photo de lui sur la cheminée, datant de bien avant ma naissance, où il posait près d'un des monuments commémoratifs d'Utah Beach.

En relevant la tête, j'eus le temps d'apercevoir une expression curieuse, presque de l'envie, sur le visage de Jeremiah avant que son masque impassible retombe. J'en restai pensive. Au nom de quoi un milliardaire pouvait-il envier ma petite existence insignifiante ?

Sa main remonta sur ma cuisse jusqu'à s'enrouler autour de ma taille. Soudain, mon patron me souleva et m'attira contre lui. Je déglutis sous ses yeux inquisiteurs, tandis que ses doigts repoussaient une de mes mèches blondes artistiquement bouclées.

– Vous êtes très belle, ce soir.

Son intonation grave se répercuta dans tout mon corps et l'enflamma. Je rougis et détournai les yeux, mais il prit délicatement mon menton et m'obligea de nouveau à le regarder bien en face. Il scruta mes traits tout en promenant une main légère sur mon front, puis sur ma mâchoire.

– Tous les hommes vont être jaloux de moi, ajouta-t-il.

L'éclat passionné qui éclairait ses prunelles me coupa le souffle. Dans mon dos, son autre main saisit mes reins à travers le tissu de ma robe tandis que ses doigts glissaient de mon visage à mon décolleté plongeant. Je réprimai un soupir, jouissant de ce moment, le corps tendu vers ses désirs non formulés.

La journée avait été un rêve fou et irréel. Jeremiah m'avait emmenée dans quelques-unes des boutiques parisiennes les plus tendance – et les plus chères – à la recherche d'une tenue de soirée. Il nous avait fallu trois magasins avant de dénicher ce que j'avais jugé être la robe longue idéale. Une opinion apparemment partagée par mon patron, car il l'avait achetée tout de suite quand il m'avait vue sortir de la cabine d'essayage. Le fourreau vert sans manches me donnait l'impression d'être sexy et mettait mes courbes en valeur d'une façon que je n'aurais jamais cru possible. Puis Jeremiah m'avait entraînée chez un coiffeur pour procéder à la suite de ma métamorphose. Pour la première fois de ma vie, j'avais été maquillée par un professionnel. J'aurais beaucoup aimé assister à ma transformation, mais le personnel du salon s'y était opposé, m'obligeant à tourner le dos au miroir mural pendant toute la séance. Lorsqu'on m'avait enfin permis de m'admirer, alors que je ne m'étais jamais beaucoup soucié de m'apprêter, j'avais été impressionnée par le résultat. Mes cheveux avaient été éclaircis en plusieurs nuances de blond, et le fard dissimulait toutes les imperfections de ma peau.

La main dans mon dos remonta jusqu'à ma nuque, qu'elle empoigna avec fermeté. Jeremiah poussa ma tête vers la sienne, et je crus qu'il allait m'embrasser. Il arrêta son geste au tout dernier moment.

– Dites-moi, murmura-t-il, tandis que son autre main s'insinuait sous la glissière de ma robe, mouillez-vous déjà pour moi?

« Toujours», faillis-je répondre, la gorge serrée sous l'effet du frôlement de ses doigts à l'intérieur de ma cuisse. Il joua avec le haut de mes bas avant de revenir agacer mon entrejambe.

Ma tenue vert sombre avait exigé une lingerie différente du bustier et des jarretelles blanches offerts le matin même par Jeremiah. Il avait choisi en personne mes sous-vêtements et, de retour à l'hôtel, avait insisté pour me dénuder avant de m'habiller de ces nouveaux dessous. L'expérience s'était révélée d'une sensualité torride, même si mon patron n'avait formulé aucune demande supplémentaire malgré l'érection qui tendait son pantalon. Mais bon, l'approbation lue dans son regard avait réchauffé d'autres parties de mon corps. Il était agréable de se sentir désirable.

Ce souvenir accentua l'embrasement que j'éprouvais dans la voiture. Un gémissement ténu m'échappa pendant que j'écartais les jambes pour accueillir ses caresses insistantes. Il fit courir ses doigts sur ma culotte, appuya dessus sans vraiment me toucher, et je frissonnai. Pris d'un petit rire, il recommença l'opération avant de soulever le menton pour déposer un baiser sur mon front.

– J'ai l'impression que nous allons devoir patienter, chuchota-t-il.

Il me remit à côté de lui sur la banquette, et la frustration m'arracha un miaulement.

– Mais, ce soir, ajouta-t-il, vous serez mienne.

Ces paroles lourdes de promesses me firent trembler d'impatience.

Nous quittâmes la rue pour nous diriger vers un bâtiment illuminé de toutes parts. Une foule était assemblée sur le perron et, de nouveau, je fus inquiète. Jeremiah serra brièvement ma cuisse et, récupérant mon sac à main posé au sol, j'essayai de me détendre. La limousine vint se garer devant l'immeuble et le chauffeur en descendit.

L'heure du spectacle était venue, pensai-je en triturant la bandoulière de mon sac. Bien qu'un grand nombre d'invités soit déjà entré, il en restait encore trop dehors à mon goût, et mon cœur battait à tout rompre.

La portière s'ouvrit, Jeremiah sortit le premier pour me tendre la main. Je le rejoignis et des flashs crépitèrent. Soudain, ma robe moulante et mes hauts talons me parurent presque indécents. Heureusement, le bras de Jeremiah était solide et il m'entraîna sans effort à travers la cohue, telle une bouée de sauvetage à laquelle je m'agrippais. J'avais beau avoir l'habitude de marcher avec des talons aiguilles, l'attention qu'on nous portait me rendait d'une maladresse stupide. Je me concentrai pour garder mon équilibre et ne pas me ridiculiser. Quand nous parvinrent à la porte, laissant les appareils photo et les journalistes hurlant derrière nous, je poussai un soupir de soulagement.

Jeremiah ne m'avait pas renseignée –peut-être délibérément– sur la soirée à laquelle nous assistions. Je savais juste qu'elle se tenait à la Porte de Versailles et qu'elle avait été organisée afin de trouver des fonds en faveur de diverses associations caritatives. Le nombre impressionnant de personnes sur place et leur façon de bouger me donnèrent l'impression que nous n'étions pas en avance. Un coup d'œil au programme qu'une hôtesse me fourra entre les mains confirma mes soupçons. Je regardai la liste des interventions et m'arrêtai sur un nom.

–Vous ne m'aviez pas dit que vous étiez l'invité d'honneur.

Jeremiah haussa une épaule avec décontraction, comme si ce n'était qu'un détail, et me guida jusqu'au cœur des festivités. Un orchestre jouait de la musique classique et, à l'autre bout de l'estrade, des couples évoluaient sur la piste de danse. La plupart des invités discutaient en petits groupes éparpillés dans le hall.

–Cher ami! Je suis heureux que vous ayez pu assister à notre petite soirée.

Un homme dégarni et assez petit s'était approché de nous. Il donna à mon cavalier une vigoureuse poignée de mains. Il portait un smoking et un nœud papillon, et s'exprimait avec un fort accent français.

–Vous venez juste d'arriver, j'imagine?

– Bonsoir, Gaspard, le salua Jeremiah. Je suis très honoré par votre invitation.

Il arborait un petit sourire bienveillant, et je devinai qu'il appréciait réellement le Français.

–Toujours aussi modeste! s'esclaffa ce dernier. Alors que, la plupart du temps, c'est vous qui financez nos humbles efforts!

Je tressaillis et jetai un regard en biais vers mon patron. Le compliment semblait l'avoir laissé de marbre et j'en conclus que Gaspard disait sûrement vrai. J'ignorais qu'il alimentait des associations de charité. Décidément, j'en apprenais un peu plus à chaque minute au sujet de l'homme debout près de moi. L'ampleur du brouillard dans lequel j'étais commençait à m'irriter.

–Et qui est votre ravissante cavalière, ce soir? lui demanda Gaspard, me ramenant à la réalité.

–Permettez-moi de vous présenter Lucy Delacourt, ma nouvelle assistante. Lucy, Gaspard Montrose est le responsable de cette sauterie.

–*Enchanté, mademoiselle*[1].

Gaspard prit ma main tendue et y déposa un baiser. Je sentis les doigts de Jeremiah se crisper sur ma taille et s'enfoncer dans le tissu de ma robe.

–*Enchantée, monsieur*, répondis-je, avant de désigner la pièce. *Cette salle est merveilleuse.*

Le visage de Gaspard s'éclaira aussitôt.

–*Ah, mais vous parlez français!*

–*À peine. Je suis née au Québec avant de déménager à New York.*

–Une Canadienne française! s'exclama notre hôte, tellement ravi que je ne pus m'empêcher de lui sourire en retour. Bienvenue à Paris, *mademoiselle*!

1. En français dans le texte, de même que les dialogues en italique qui suivent.

Je décidai de ne pas tenir compte du regard de Jeremiah qui s'attardait sur moi, et je m'intéressai au programme. Le petit dépliant détaillait les différentes activités qui avaient eu lieu dans l'après-midi. La soirée, elle, se bornerait à un buffet et à une brève cérémonie de clôture.

–Avant que je vous libère, Jeremiah, je dois vous annoncer quelque chose, reprit Gaspard en se penchant vers nous et en baissant la voix. Lucas est ici.

Mon compagnon se raidit aussitôt et, quand je levai la tête vers lui, je vis qu'il affichait un visage de pierre. De son côté, Gaspard semblait désolé.

–Je ne sais pas comment il s'est débrouillé, mais son invitation était tout ce qu'il y a de plus authentique, et il est entré sans difficulté.

J'arrangeai les plis de ma robe, curieuse d'apprendre qui était l'homme dont le Français parlait, mais je ne voulais pas paraître indiscrète. Jeremiah serrait les mâchoires, et un muscle tendait sa joue. Il se relaxa brusquement.

–Merci de m'avoir averti, Gaspard.

Ce dernier hocha la tête puis se tourna vers un couple de nouveaux arrivants. Nous nous éloignâmes. Maintenant que nous n'étions plus exposés à la presse, j'étais plus à l'aise et je marchais sans peur de tomber. Mais je dus accélérer le pas pour ne pas être distancée par mon cavalier. Ses longues enjambées nous amenèrent à l'autre extrémité de la salle, sous le regard insistant des invités.

– Vous ne m'aviez pas dit que vous parliez français.

Je m'attendais à un commentaire sur mon échange avec Gaspard. Malgré un papillonnement nerveux dans le ventre, j'eus un petit sourire triomphant.

– Vous ne me l'avez pas demandé.

Ma réplique était insolente, mais je fus rassurée par son air amusé.

– D'où la mention d'un passeport pendant votre entretien d'embauche…

– J'en ai même deux. Un canadien et un américain.

De nouveau, je vis l'approbation sur son visage, ce qui déclencha chez moi une chaleur bienheureuse qui se répandit des pieds à la tête. Peu à peu, je me rendais compte qu'il n'était pas facile de surprendre mon patron. C'était même risqué. Heureusement, cette fois, je m'en étais sortie.

Nous repartîmes. J'étais consciente des regards que les gens dans la salle jetaient dans notre direction. Mais personne ne nous aborda, ce qui me sembla bizarre. Jeremiah avait l'air de savoir où il allait, aussi je le suivis sans protester. La rapidité de notre démarche ne permettait à personne de nous approcher, et je me demandai ce qu'il avait d'aussi urgent à faire.

Malheureusement, je n'eus pas le temps de le découvrir. Nous nous arrêtâmes près de la piste de danse, au milieu de groupes qui bavardaient et riaient entre eux. Jeremiah me prit la main et, comme Gaspard tout à l'heure, embrassa mes doigts. Contrairement à ce qui s'était produit avec le Français, ce baiser déclencha des picotements dans tout mon corps. Le regard de mon patron croisa le mien et je sus qu'il n'était pas dupe de ma réaction.

–Je dois parler à quelqu'un en privé, murmura-t-il d'une voix à peine audible dans le vacarme. J'en ai pour une minute. Restez ici jusqu'à ce que je revienne.

Sur ce, et sans un autre mot, il tourna les talons et se fondit dans la foule des invités.

# 2

Quand, en classe de sixième, je décrochai mon premier –et dernier– rôle important dans la pièce de théâtre de fin d'année, j'appris mes répliques, chez moi et avec mes camarades, jusqu'à ce que je les sache par cœur, à l'endroit comme à l'envers. Même les répétitions en costumes, dans la grande salle de gym, se passèrent sans incident, car il n'y avait pas encore de public. J'étais fière de participer, de tenir ce rôle petit mais crucial. Tout se gâta le soir de la première. Tétanisée par l'assistance composée d'anonymes, j'oubliai mon texte et me révélai incapable de bouger, submergée par ce qui m'apparut comme un raz-de-marée dévastateur.

Soudain seule dans ce hall d'exposition, dans un pays étranger où je ne connaissais personne, je sentis qu'une même terreur me pétrifiait.

Maintenant que j'étais laissée à moi-même, la salle magnifiquement décorée, avec ses invités élégants et son ambiance luxueuse, sembla virer à une farce sinistre. Le programme froissé entre les doigts, j'observai autour de moi en me demandant où aller. Rester plantée comme un piquet, ainsi que me l'avait ordonné Jeremiah, était exclu. Il fallait que je m'arrache de cette cohue, comme j'avais été obligée de quitter la scène, des années auparavant.

–Lucy Delacourt?

Mon nom me fit sursauter et m'arracha à mes pensées moroses. En me retournant, je vis une jeune femme brune en robe longue jaune qui s'approchait de moi. Son visage m'était familier, et un sourire apparut sur mes lèvres quand je la reconnus.

–Cherise?

– Oh la la! C'est bien toi! s'exclama-t-elle en frappant dans ses mains tellement elle était heureuse. Il me semblait bien t'avoir aperçue à ton arrivée, mais je n'en étais pas sûre.

Stupéfaite de rencontrer une personne familière, j'oubliai les convenances et serrai la jeune femme dans mes bras. Cherise avait vécu dans le même foyer d'étudiants que moi pendant nos deux premières années à Cornell. Bien que nous ne nous soyons pas fréquentées pendant les cours –elle faisait médecine et moi droit–, nous traînions ensemble les week-ends avec une bande d'amis. Je ne m'interrogeai pas sur le hasard qui nous remettait en présence et me contentai de remercier ma bonne étoile.

–Que fabriques-tu ici? demandai-je.

–J'accompagne David, expliqua-t-elle avec un grand sourire plein de fierté. Nous gérons un dispensaire à Bornéo, et il est venu ici pour essayer de trouver des fonds.

–Vous vous êtes enfin mariés?

Elle acquiesça. J'étais heureuse pour eux. Cherise et David sortaient ensemble depuis le lycée quand j'avais fait leur connaissance à l'université. Tous deux nourrissaient des rêves humanitaires. Apparemment, ils étaient en train de les mettre en pratique.

–Ainsi, vous êtes médecins tous les deux, maintenant?

– Non. Je me suis orientée vers la gestion lorsque David a entamé son deuxième cycle. Ça s'est révélé judicieux, car je m'occupe aujourd'hui de l'aspect concret de notre projet. En plus, il m'arrive de l'accompagner sur le terrain, alors c'est tout bénéfice pour moi!

Cherise n'avait rien perdu de l'optimisme et de cette joie contagieuse dont ses amis avaient toujours profité. Son plaisir évident à me retrouver rendit mes pensées plus légères et m'aida à me détendre. La jolie jeune femme me jeta un regard espiègle.

–À ton tour, raconte! Est-ce vraiment Jeremiah Hamilton que j'ai vu à ton bras?

Je rougis avant de me sermonner: je n'avais aucune raison d'être mal à l'aise.

–C'est mon patron, répondis-je en haussant les épaules, l'air de rien.

–Vous deux êtes... ?

– Non! m'empressai-je de nier en secouant la tête. Je suis sa nouvelle assistante personnelle, ce qui, et je viens de le découvrir, suppose que je l'accompagne à ce genre de soirées. C'est très étrange, pour moi.

Je ne mentais pas vraiment. Pourtant, je ne me sentis pas bien de taire tout le reste, surtout quand Cherise ne cacha pas à quel point elle était déçue.

–Tu ne voulais pas devenir avocate? s'étonna-t-elle.

Elle touchait là un point sensible, ce qu'elle ne pouvait pas savoir, bien sûr. À la mort de mes parents, nous nous étions moins vues, chacune étant partie de son côté. J'avais rompu les ponts avec la plupart de mes camarades d'université quand, par la suite, j'avais essayé de m'en sortir.

–Ça n'a pas marché, lâchai-je avant de scruter la foule derrière elle, histoire de changer de sujet. Où est David?

– Quelque part dans la salle. Il se mêle aux riches invités pour tenter d'obtenir des dons. Notre intervention, cet après-midi, ne nous a pas rapporté autant que nous l'espérions. Aussi, il cherche des mécènes supplémentaires. Il est bien plus doué que moi pour ce type d'exercice. Il me paraît tellement bizarre d'aborder un inconnu rien que pour lui demander de l'argent!

–Comme c'est amusant, lâcha alors une voix au fort accent étranger. C'est pourtant ce que vous êtes en train de faire, non?

En me tournant, je vis qu'une grande et mince blonde s'était postée près de moi et toisait Cherise avec une arrogance déplaisante. J'ignorais depuis combien de temps elle nous espionnait, mais quand je vis que mon amie accusait le coup, je ne pus me retenir de serrer les poings.

–Pardon? répondis-je avec indignation. À qui avons-nous l'honneur?

Elle posa sur moi son regard bleu et froid, me jaugeant d'un seul coup d'œil.

–Anya Petrovski, se présenta-t-elle. J'ai cru comprendre que vous étiez la nouvelle assistante personnelle de M. Hamilton. Un poste qui m'est très *familier*, ajouta-t-elle en faisant mine d'examiner ses ongles.

Elle ne me tendit pas la main, que j'aurais de toute façon refusé de serrer. Je n'avais pas apprécié sa façon d'insister sur le mot «familier», pas plus que ne me plaisait le rictus complice qui déformait ses lèvres. Furieuse que ma «relation d'affaires» avec mon patron soit ainsi raillée, je m'abritai derrière la colère.

–Veuillez me pardonner, Mlle Petrovski, mais j'étais en train de discuter avec…

–Vous ne tarderez pas à découvrir, m'interrompit-elle grossièrement, que quand on travaille pour des hommes fortunés, les gens égoïstes ne vous approchent que pour votre carnet d'adresses.

La peste gratifia Cherise d'un regard condescendant.

–Méfiez-vous de ces tentatives maladroites, dit-elle.

Mon amie s'était raidie sous l'insulte voilée.

–Il s'agit d'un gala de charité, des fois que vous ne l'ayez pas remarqué, répliquai-je sur un ton cinglant pour défendre Cherise. Et si cette dame souhaite que je l'aide à trouver des fonds, je suis en droit de décider si j'en ai ou non envie.

Anya haussa les épaules.

–Cette soirée n'est qu'un prétexte pour légitimer une forme de mendicité minable.

Une remarque aussi déplacée me souffla, et je m'apprêtai à envoyer paître la femme hautaine, quand Cherise recula d'un pas.

–Excusez-moi, murmura-t-elle avec raideur, je dois rejoindre mon époux.

Je la retins par le bras.

–Cherise…

–Tout va bien, Lucy. Je suis heureuse de t'avoir revue, mais… quand tu en auras terminé avec cette… cette femme, viens nous retrouver.

Elle lança à la beauté russe un regard glacial, qui ne lui ressemblait pas du tout, avant de s'éloigner, tête haute. Je me tournai vivement vers la blonde.

–Pourquoi avez-vous été aussi désagréable? lui demandai-je. C'est une amie.

Ma colère parut la ravir.

–Je me fiche bien d'elle, répliqua-t-elle avec décontraction. On m'a seulement envoyée vous chercher.

De nouveau, je serrai les poings. Au milieu de toutes ces personnes et en pays étranger, je ne voulais pas provoquer un scandale et attirer l'attention sur moi, mais j'eus du mal à me contrôler. Ce qui, encore une fois, sembla beaucoup amuser la Russe et ne fit qu'aggraver mes difficultés à me dominer.

–Qui donc?

– Mon employeur, sourit-elle, mauvaise.

Je me mordis les lèvres pour ne pas répliquer par les premiers mots qui me venaient à l'esprit.

– Merci de lui transmettre que je ne suis pas visible.

– Je dois insister, contra-t-elle en enroulant son coude autour du mien et en commençant à m'entraîner de force. M. Hamilton déteste attendre.

– Quoi? m'exclamai-je, décontenancée. C'est Jeremiah qui me demande?

Sous l'effet de la surprise, je l'avais laissé me tirer sur quelques pas. Me ressaisissant, je finis par résister. Mais, d'un geste du menton, elle indiqua une direction et je découvris le profil de mon patron au milieu d'un groupe d'invités. Je n'en revenais pas qu'il m'ait expédié cette harpie. La bouche pincée, hésitant à faire une scène mais voulant réellement échapper à cette femme suffisante, je cédai malgré moi et la suivis.

Plusieurs hommes en uniforme entouraient notre cible, tous d'un même vert kaki, mais dont les décorations variaient selon les grades. Alors que nous approchions, je me rendis compte que j'avais commis une grave erreur. Malheureusement, à présent je n'avais aucun moyen de m'échapper. Une tête brune, familière et pourtant totalement inconnue, se tourna vers nous, et une paire de prunelles d'un bleu-vert glacé s'éclaira en nous voyant arriver. De longs cheveux sombres ramenés en arrière encadraient un beau visage que fendait une petite cicatrice blanche, courant sur le nez et l'une des joues. Vêtu tout de noir et tenant négligemment un verre de vin, le propriétaire de ce visage était dénué de cette impassibilité à laquelle je m'étais habituée au bout de trois jours.

Bon sang ! Dans quoi m'étais-je fourrée ?

– Messieurs, si vous voulez bien m'excuser. Nous reparlerons de tout cela demain.

Si sa voix avait une intonation similaire, elle révélait des accents cyniques et sournois, très différents de la retenue propre au rigide Jeremiah. L'homme me dévisagea avec une nonchalance qui me dérouta, car elle était loin de la gravité que j'avais associée à un autre visage, d'une ressemblance pourtant frappante.

– Tiens, tiens, tiens ! Qui va là ? demanda-t-il en portant ma main à ses lèvres.

Le baiser qu'il me donna n'avait rien à voir avec celui de Gaspard. Là où le Français s'était montré galant, ce type laissait supposer une intimité déplaisante. Il me fixa, sa bouche s'attardant un peu trop longtemps sur ma peau. Malgré moi, je tressaillis, et cette réaction m'agaça profondément. Je retirai vivement mon bras, provoquant un éclair amusé dans les prunelles bleu-vert.

–Voici Lucy Delacourt, la nouvelle assistante de Jeremiah.

Même si la voix d'Anya était toujours aussi sarcastique, son attitude était un peu plus déférente. Elle se plaça à côté de l'homme et crocheta son bras avec ce qui me parut être une sorte de possessivité.

–Je vous présente Lucas Hamilton, enchaîna-t-elle. Le véritable héritier de la famille.

La conviction qu'elle avait mise dans cette dernière phrase ne m'échappa pas, et l'intéressé ne protesta pas. En tout cas, j'étais face à celui auquel Gaspard avait fait allusion à notre arrivée. Je fronçai les sourcils, coincée entre ce couple. Leurs regards avaient en commun une lueur prédatrice qui me donnait envie de fuir. Pourtant, je tins bon et croisai les bras sur ma poitrine. Ma colère couvait au fond de mon ventre. Je détestais me retrouver dans cette situation inattendue, sans renforts pour me soutenir.

Inclinant la tête sur le côté, Lucas ignora sa somptueuse voisine pour détailler ma physionomie.

–Vous paraissez tendue, chérie, me susurra-t-il. Il me déplaît qu'une aussi jolie femme que vous ait l'air de regretter d'être en ma compagnie.

Anya se raidit, et le regard furieux qu'elle me jeta ne cacha rien de la jalousie qu'elle éprouvait. Même contente de la voir en rabattre d'un cran, je n'avais aucune envie de poursuivre cette conversation. Quelque chose me soufflait que ces deux-là ne jouaient pas dans la même cour que moi. Quoi qu'il arrive, je doutais d'en sortir gagnante.

–Je vous ai pris pour un autre, répliquai-je sans amabilité, sans préciser non plus qu'on m'avait forcée à venir. Pardonnez-moi…

Je reculai d'un pas. À cet instant, l'orchestre entama un nouveau morceau, plus vif, et aussitôt des couples se rendirent sur la piste de danse. D'un geste sec, Lucas se débarrassa d'Anya et avança vers moi.

–M'accorderez-vous cette danse? demanda-t-il en me tendant la main.

La Russe s'interposa, prête à empêcher cette invitation. Un coup d'œil acéré de l'homme stoppa nette sa tentative, et elle se pétrifia, non sans me foudroyer du regard. Comme si, tout à coup, c'était moi à qui était dévolu le rôle de la méchante. Tout cela commençait à m'agacer prodigieusement.

–Non, désolée, déclinai-je, il faut vraiment que je trouve mon...

–Permettez-moi d'insister, coupa-t-il.

Et sans me laisser la possibilité de protester, il mit un bras autour de ma taille et m'entraîna vers la piste. Je résistai, plantant mes talons dans le sol. Tous s'étaient-ils donc passé le mot, ce soir, pour m'obliger à faire leurs quatre volontés?

– Nous sommes en public, murmura Lucas à mon oreille. Vous ne voudriez pas vous donner en spectacle, n'est-ce pas?

J'hésitai, soudain consciente des inconnus qui nous entouraient. Ce bref moment d'hésitation suffit à mon cavalier, qui en profita pour me tirer sur la piste et m'étreindre avant que j'aie eu le temps de refuser à nouveau. En un clin d'œil, il m'entraîna sur le sol glissant comme de la soie. J'essayai de me libérer, mais sa poigne m'emprisonnait comme un étau.

–Lâchez-moi, grondai-je, la voix lourde de la colère qui bouillonnait en moi.

–Pour gâcher une occasion formidable de danser avec une belle femme? Sûrement pas.

Mes réticences paraissaient le divertir. Ma raideur rendait mes mouvements disgracieux, ce qui n'avait pas l'air de perturber mon cavalier le moins du monde. Il m'attira contre son corps dur, son étreinte pareille à de l'acier. Je touchais à peine le sol, tout mon poids reposait sur ses bras.

–Nous sommes partis sur le mauvais pied, reprit-il. Expliquez-moi pourquoi. Mon odeur vous déplaît-elle?

La question, absurde, me prit en traître et je dus lutter pour ne pas sourire. Malgré moi, je sentis ce qui émanait de lui, une fragrance à la fois sucrée et épicée, proche de la cannelle. Je ne sus déterminer s'il s'agissait d'un parfum ou de son odeur naturelle. Irritée par ma réaction, je répondis avec mauvaise humeur:

–Je n'aime pas qu'on rabaisse mes amis devant moi, puis qu'on m'oblige à rencontrer quelqu'un sous de faux prétextes.

La brutalité de mes propos amena Lucas à incliner la tête sur le côté, d'un air contrit.

–Anya peut parfois se montrer vive, reconnut-il. D'ailleurs, cela a fait partie de ses charmes, à une autre époque. Et si nous repartions de zéro? Je m'appelle Lucas Hamilton et vous êtes…

–Vous le savez très bien.

Refusant par défi de croiser son regard, je me concentrai sur le col de sa chemise. Un doigt me souleva le menton.

–J'aimerais toutefois l'entendre de votre bouche, souffla-t-il, tandis qu'il m'entraînait dans un grand arc de cercle autour de la piste de danse.

Mon ventre se noua soudain, je serrai les mâchoires. Au diable mon corps et ses réactions idiotes! Les mains de Lucas étaient deux charbons ardents sur ma peau, ses yeux deux aimants. Exactement comme son frère.

Le souvenir de Jeremiah me permit de retrouver une contenance. Je n'avais pas besoin qu'un autre homme réduise mes jambes en coton et anéantisse ma volonté. Un seul était déjà plus que suffisant.

–Qu'attendez-vous de moi? demandai-je d'un ton ferme.

Si j'espérais détecter de la déception chez lui à la suite de l'échec de ses tentatives de séduction, j'en fus pour mes frais. Au contraire, son regard s'alluma d'un intérêt nouveau et d'un plaisir réel.

–En plus de danser avec une belle femme? répondit-il avec un haussement d'épaules décontracté. Rendre jaloux mon petit coincé de frangin.

Je pinçai les lèvres, mon ventre se serra. Au moins, il était franc. Enfin, j'en avais l'impression.

–Je n'ai pas envie de jouer à vos petits jeux, M. Hamilton, ripostai-je.

Je tentai de me dégager en douceur, bousculant au passage un couple voisin.

–Je préférerais ne pas faire de scène, enchaînai-je, mais si vous ne me…

–Et si j'étais à même de répondre à certaines questions que vous vous posez au sujet de votre employeur? contra-t-il.

Mon air surpris suscita chez lui un sourire ironique qui me sembla presque authentique.

–C'est lui, le cachottier, poursuivit-il en m'attirant encore plus contre lui et en collant sa bouche à mon oreille. N'y a-t-il donc rien que vous mouriez d'envie d'apprendre à son propos?

J'enfonçai mon talon sur le bout de sa chaussure. S'il grimaça et s'écarta, il ne me lâcha pas pour autant. Une fois encore, les commissures de ses lèvres se retroussèrent sur un rictus enrageant. Je le fusillai du regard. Il me tenait, et il le savait.

Car j'étais curieuse, c'est vrai.

J'ignorais tellement d'aspects de la personnalité de mon nouveau patron, qui ne cessaient, en sa présence, de me déstabiliser de façon vertigineuse! Sa manière de me regarder, aussi perçante que s'il lisait en moi, par exemple. L'idée de savoir quelque chose, n'importe quoi susceptible de rétablir l'équilibre entre nous, était aussi tentante que de l'eau pour un homme mourant de soif. Mais la moue railleuse de Lucas continuait de me révulser.

–Anya a travaillé pour M. Hamilton, marmonnai-je. L'autre, j'entend. Mon patron.

Le sourire s'élargit.

–Elle a été sa dernière assistante personnelle, lâcha Lucas d'une voix traînante tout en me fixant, comme un oiseau de proie.

Je m'efforçai de dominer ma répulsion. En vain. Une pareille sorcière? Qu'est-ce que Jeremiah avait donc pu lui trouver?

Quand mon cavalier rejeta la tête en arrière et éclata de rire, je me rendis compte que j'avais formulé mes pensées tout fort. Mortifiée, je rougis. Autour de nous, des couples de danseurs nous observèrent avec étonnement.

–Elle n'a pas toujours été ainsi, reprit l'aîné des Hamilton sur un ton amusé. Elle était même charmante, tout comme vous.

–Qu'est-il arrivé pour qu'elle change autant ? répondis-je, bien décidée à ne plus me laisser piéger.

–Je l'ai séduite et ravie à mon frère avant d'en faire mon espionne. Lorsqu'il a découvert le pot aux roses, il l'a licenciée et elle est venue travailler pour moi.

Son arrogance cachait mal une amertume palpable. De nouveau, je tentai de lui échapper et, bizarrement, cette fois, il m'autorisa à m'éloigner un peu. Malheureusement, ce ne fut que pour me faire tourner sous son bras avant de resserrer son étreinte autour de ma taille. S'il restait insensible aux éclairs que mes yeux lui lançaient, son attention ne s'était pas détournée de moi.

–Question suivante?

J'avais beau danser avec un serpent, je n'avais pour l'instant pas les moyens de m'enfuir. N'apercevant dans la salle aucune trace d'une équipe de secours à même de me tirer de là, je décidai de poursuivre cette drôle de conversation.

–Qu'entendait Anya quand elle vous a désigné comme le «véritable héritier de la famille» ? Vous et Jeremiah êtes frères, non?

– Ah! Vous allez directement au cœur des choses, hein?

Il me fit tournoyer encore une fois, ses prunelles bleu-vert pensives.

–Que savez-vous exactement?

– La version Internet. Votre cadet était militaire, il a démissionné pour reprendre les rênes de la société et a connu des débuts difficiles.

–Un résumé assez juste, même s'il manque quelques détails intéressants. Dites-moi, quelles relations entreteniez-vous avec votre père?

Je me raidis et cherchai sur son visage les traces d'un piège, mais son intérêt me parut réel, bien que la question soit trop personnelle à mon goût.

–Elles étaient bonnes, répondis-je avec prudence. Pourquoi?

– Pas les nôtres, lâcha-t-il, et son expression jusqu'alors joviale s'assombrit. Il était impossible de satisfaire Rufus Hamilton, surtout si vous étiez de sa famille. Nous ne l'avons compris qu'en grandissant, bien sûr, alors que ses exigences avaient déjà forgé nos sensibilités. Je vous la fais courte: j'ai suivi le parcours qu'on attendait de moi dans le but de succéder à mon père à la tête des affaires familiales. De son côté, Remi s'est rebellé. Il n'a rien trouvé de mieux que de s'engager dans l'armée sans le consentement de notre paternel. Ainsi, et pour la seule fois de sa vie, il a réussi à déjouer les plans du vieux. Ce qui a rongé ce dernier jusqu'à la fin de ses jours.

Il s'interrompit et un long silence s'installa.

–Un événement a dû tout changer, murmurai-je pour l'inciter à continuer.

Il grogna, son regard redevint lointain et cynique.

–Oui. Le patriarche est mort.

Il baissa les yeux sur moi, les lèvres pincées. Cette nouvelle pirouette me permit de deviner que c'était sa façon de se donner du temps pour réfléchir.

–Rufus n'aurait pu choisir un meilleur moment. Il a été emporté par une crise cardiaque en plein conseil d'administration, quelques jours à peine avant que Jeremiah se réengage. J'ai été surpris de le voir débarquer pour la lecture du testament. Encore plus choqué quand j'ai découvert que notre *très cher* père laissait l'essentiel de ses biens à son fils cadet.

La colère maîtrisée que je lisais dans ses yeux luttait avec le rictus qui déformait ses lèvres. Il avait l'air absent, perdu dans des souvenirs qui, clairement, lui déplaisaient.

–Jeremiah a tout eu, y compris la majorité des actions de la société. Il était stipulé que, s'il refusait l'héritage, l'affaire serait liquidée et démantelée. Ce qui aurait entraîné la perte de milliers d'emplois et l'effondrement d'un empire soigneusement érigé pendant des décennies. Tout ce machiavélisme pour récupérer le rejeton qui avait été plus malin que lui!

La dureté de ces dernières volontés eut le don de me dérouter.

– Tout transmettre à Jeremiah était donc une sorte de punition ?

Ma question tira Lucas de ses réflexions, et je frissonnai. Son expression mélancolique s'effaça devant une ironie arrogante dont je commençais à saisir qu'elle n'était qu'un masque. Il nous entraîna dans un tourbillon de rondes.

– Notre adorable Remi a toujours été aux petits soins pour les gens du commun. C'est pour ça qu'il s'est engagé. Il souhaitait aider les autres. Aussi, après la lecture du testament par le notaire, nos avocats et les membres du conseil d'administration se sont rués sur lui et lui ont mis la pression : la situation était grave, il allait ruiner des milliers de vies s'il refusait, etc., etc. Vu sa prédilection à jouer les héros, il ne fallait pas être un génie pour deviner sa décision.

– Mais vous ? demandai-je avec une curiosité non dissimulée.

Si Lucas disait vrai, son père l'avait spolié de manière injuste. Même si ce détail ne changeait rien à mon antipathie pour lui, il me faisait considérer sa personnalité d'une autre façon.

–J'ai survécu, marmonna-t-il. (Il regarda par-dessus mon épaule, et un sourire malsain étira sa bouche, tandis que le morceau se terminait.) Ce qui ne veut pas dire que je n'ai pas saisi la première occasion pour m'amuser.

J'étouffai un petit cri quand, après un ultime tour, il me renversa en arrière jusqu'à me placer presque à l'horizontale. Me retenant à ses épaules, je fixai son beau visage avec des yeux ronds.

–Et si on leur en donnait pour leur argent?

Alors il plaqua ses lèvres sur les miennes. Je me raidis, enfonçai mes ongles dans son costume noir. Sa bouche profitait de ma surprise, sa langue et ses dents titillaient ma lèvre inférieure. Même bref, ce baiser provoqua en moi une chaleur. Mais je parvins à me dominer. Quand il me redressa, mon bras était déjà levé. Ma main claqua sur sa joue, l'élan donnant à ma gifle une certaine force. Le coup nous pétrifia tous les deux. Je n'arrivais pas à croire que je l'avais fait, une incrédulité apparemment partagée par Lucas. Je distinguai un éclat étonné dans son regard et, peut-être, une pointe de respect. Il me lâcha enfin.

–Que se passe-t-il ici?

# 3

Je poussai un soupir de soulagement en reconnaissant l'intonation familière de Jeremiah. Malheureusement, l'expression que je vis sur son visage, en me retournant, ne me réconforta pas. J'essayai d'aller vers lui, mais Lucas me retint par la main.

–Mon cher frère! dit-t-il.

Sa voix résonna fort maintenant que l'orchestre avait terminé le morceau.

–Ravi de te rencontrer ici, enchaîna-t-il. Un verre avec moi et ma charmante compagne, ça te dit?

De nouveau, je tentai de m'arracher à lui, sans résultat. J'adressai un coup d'œil navré à Jeremiah qui, à ma grande déception, se borna à me lancer un regard accusateur. En quel honneur étais-je responsable? pensai-je, indignée. Il m'avait abandonnée, seule et sans défense!

La confrontation entre les frères avait attiré l'attention des invités les plus proches, et j'étais coincée au milieu. Si les deux hommes étaient plus à l'affût l'un de l'autre que de moi, aucun d'entre eux ne faisait mine de vouloir me libérer. Lucas me retenait par le poignet, Jeremiah me bloquait le passage.

Maintenant qu'ils étaient réunis, il m'était plus facile de les distinguer. D'ailleurs, j'avais du mal à comprendre comment j'avais pu les confondre. Jeremiah ressemblait à un taureau en captivité, l'échine courbée, déjà prêt à attaquer; son masque impassible était tombé, ses prunelles luisaient de colère. Par contraste, Lucas, plus fluet et légèrement plus petit, était solidement campé sur ses jambes, et une grimace de supériorité se lisait sur ses traits; ses yeux avaient un éclat malicieux. Il me sembla évident qu'il était maître dans l'art de provoquer son cadet.

–Que fiches-tu ici? gronda (littéralement) Jeremiah, tandis que son regard passait du visage de son frère à nos mains toujours liées l'une à l'autre.

–Et si j'avais eu envie d'aider les moins chanceux, ou de rendre visite à mon frangin perdu de vue depuis si longtemps? Après tout, notre dernière rencontre a été si théâtrale!

–Tu avais volé trente millions de dollars!

Lucas chassa l'air d'un revers de la main.

–Il paraît, en effet, admit-il avec allégresse, avant de s'adresser à moi: Venez, ma chère, je vous offre un verre.

Il voulut m'entraîner, je résistai. À ce moment, Jeremiah s'interposa, empêchant son aîné de partir.

–Je pourrais te faire arrêter en deux minutes, le menaça-t-il de sa voix grave, assez bas pour que seules les personnes les plus proches la perçoivent. Même en France, ils n'hésiteraient pas à t'extrader, Loki.

–Ah, mais c'est qu'on s'est renseigné sur mon compte! ricana Lucas en écartant les bras, une lueur moqueuse dans le regard. Je te manque!

J'avais du mal à suivre cet échange, ce qui ne diminuait pas mon agacement. Tous deux paraissaient avoir oublié mon existence et n'hésitaient pas à étaler leur conflit devant l'assemblée. Au bord de la piste de danse, j'aperçus Anya qui nous observait, une expression de triomphe sur son visage dur. Je ne pus m'empêcher de me demander si c'était elle qui avait annoncé à mon patron que j'étais dans les bras de Lucas. Soudain, Jeremiah sembla grandir encore et ses traits s'assombrirent.

–Si tu n'étais pas mon frère… dit-il sourdement.

–Oui? l'interrompit son aîné d'une voix pleine de sarcasme et assez forte pour être entendue des invités qui nous observaient. Tu me flanquerais une raclée? Tu bousillerais ma vie? Trop tard, frangin, quelqu'un t'a devancé. Oh, un instant! Mais c'était toi, ce quelqu'un!

Jeremiah avança d'un pas, mais Lucas ne se laissa pas impressionner.

–Loki...

–Assez!

Mon cri claqua comme un fouet, transperçant la tension ambiante. Les deux Hamilton sursautèrent avant de se tourner vers moi, surpris. J'étais trop en colère pour reculer à présent. Je regardai d'abord Lucas en levant ma main prisonnière à hauteur de ses yeux.

–Lâchez-moi.

Ses doigts se desserrèrent très légèrement, et j'en profitai pour me libérer de son emprise et faire un pas en arrière. Jeremiah voulut s'emparer de mon bras, mais je m'écartai de lui également, ce qui l'étonna.

–Pas touche! lançai-je en le fixant avec rage.

Il plissa le front, appréciant visiblement peu que je le défie ainsi.

– Mlle Delacourt… commença-t-il.

Je secouai la tête et plongeai mes yeux furibonds dans les siens.

– Vous m'avez laissée, j'ai été obligée de me défendre toute seule. C'est exactement ce que j'ai l'intention de faire maintenant. (Je jetai un coup d'œil à Lucas, qui m'examinait avec amusement, avant de revenir sur mon employeur.) J'ai l'impression que vous avez des choses à régler, tous les deux. Alors je m'en vais.

Mon patron n'approuvait pas du tout cette manifestation d'indépendance, mais, en ce moment, je m'en moquais comme de l'an quarante. Sentant sur moi le poids des regards des invités, je me redressai et m'éloignai avec dignité, abandonnant les deux rejetons Hamilton à leur ahurissement. J'avais conscience que leurs prunelles, brûlantes comme des tisons chauffés à blanc, me suivaient, creusant des trous dans mon dos… Mais je n'étais pas d'humeur à apprécier cette victoire hasardeuse – je le pressentais, j'allais la payer très cher plus tard.

Rares étaient les femmes habillées en jaune. Il me fallut donc peu de temps pour repérer Cherise. Elle parut surprise que je la rejoigne, mais je ne la laissai pas s'exprimer.

–Je veux t'aider, lui dis-je.

À l'université, un de mes professeurs avait mentionné, en passant, que je ferais une excellente lobbyiste. Si cela n'avait jamais été mon but, je dus reconnaître que, ce jour-là, il n'avait pas eu tort. Je m'aperçus qu'il était plus simple de s'occuper des soucis des autres que des siens. Dès qu'il s'agissait de rendre service, je n'étais pas de nature timide. Même si je n'avais pas agi ainsi depuis des années, j'avais besoin d'évacuer ma colère et je me lançai dans une véritable campagne en faveur de mes amis.

Pendant l'heure suivante, je charmai ainsi différentes personnes, traduisant quand cela était nécessaire, me démenant pour aider David et Cherise. Cela s'avéra d'une étonnante simplicité. Après tout, l'événement avait été organisé dans le but de signer des chèques, et je n'eus qu'à convaincre les participants de faire profiter de leurs largesses un petit dispensaire de Bornéo. Je recourus à tous mes talents de sociabilité un peu rouillés et passai de groupe en groupe, envoyant les gens vers mes amis avant de m'attaquer à un autre donneur éventuel. Bien que je sois plus douée pour faire tapisserie que pour papillonner au milieu de la foule, j'oubliai toutes mes réserves et parvins à captiver l'intérêt de plusieurs mécènes.

De temps à autre, je distinguai Jeremiah au milieu des invités, sentant le poids de son regard sur moi ; je fis de mon mieux pour ne lui prêter aucune attention. Ce qui était plus facile à dire qu'à faire. Même de loin, cet homme avait le don bizarre de me déstabiliser. Il n'empêche, je me concentrai sur ma croisade, et il ne m'aborda pas, me laissant respirer, ce dont je lui fus reconnaissante. Quant à Anya et à Lucas, ils semblaient s'être volatilisés, et j'en fus ravie.

Au bout d'une heure, Cherise me rejoignit et m'entraîna à l'écart. Elle souriait de toutes ses dents, son corps vibrait d'une énergie radieuse.

–Je n'en reviens pas, me confia-t-elle. Nous avons réuni presque cent mille dollars jusqu'à maintenant !

J'en eus le souffle coupé et dus me retenir de l'embrasser.

–Est-ce que cela sera assez pour vous permettre de tenir un moment?

– Tu plaisantes? Vu l'endroit où nous sommes installés, ça nous fera vivre pendant plusieurs années, sans rien coûter aux populations locales. Oh, merci!

Cherise devait se moquer de la bienséance plus que moi, car elle se jeta à mon cou et me serra fort, même brièvement, contre elle.

–Tu es géniale! conclut-elle.

–Je ne peux qu'être d'accord avec cette remarque.

Avalant ma salive, je me retournai. Derrière moi, Jeremiah nous dévisageait avec une drôle d'expression. Il n'avait d'yeux que pour moi, et quand Cherise mit fin à notre embrassade, il me tendit la main.

–Me ferez-vous l'honneur de danser avec moi?

J'en restai pétrifiée et jetai un regard à Cherise, qui affichait un air entendu. Quand elle me vit hésiter, elle me poussa dans les bras de mon employeur.

–Monsieur vient de t'inviter à danser, rigola-t-elle, des étoiles dans les yeux. David et moi, nous nous débrouillerons sans toi, maintenant.

N'ayant plus aucune excuse, je contemplai la main offerte de Jeremiah. Il avait demandé ma permission, ne m'avait pas donné d'ordre et paraissait prêt à attendre ma décision. Je scrutai ses prunelles vertes et me rendis compte que je ne lui en voulais plus de m'avoir abandonnée; mais il était hors de question qu'il s'en sorte sans dommages.

–Vous n'avez pas l'intention de me laisser tomber en pleine danse, n'est-ce pas? me moquai-je en acceptant ses doigts.

À la place de l'agacement que j'avais redouté lire sur son visage, il sembla presque amusé par ma remarque.

–Je vous jure de ne pas vous perdre de vue jusqu'à la fin de la soirée.

Son ton lourd de promesses provoqua des frissons le long de ma colonne vertébrale, et je le suivis sur la piste. Il m'enlaça avec légèreté, ce qui fit un contraste saisissant avec la poigne trop ferme de son frère, un peu plus tôt.

–Je vous prie de me pardonner mon comportement, murmura-t-il.

Je haussai des sourcils surpris. Lui faisant amende honorable? Auprès de moi?

– Excuses acceptées, répondis-je avant de souffler un peu. Votre famille m'a l'air un peu perturbé, non?

Un sourire sans joie étira l'un des coins de sa bouche, mais il éluda ma question.

–Vous avez discuté avec lui, marmonna-t-il en laissant planer une interrogation dans sa phrase.

–Il m'a fourni des renseignements vous concernant, admis-je.

Le sentant se raidir, je m'empressai de m'expliquer :

–Il m'a surtout révélé que votre père vous avait presque forcé à accepter la direction de la société. C'est vrai?

– Dans l'ensemble, oui, reconnut-il au bout d'un long moment, mais sans entrer dans les détails.

–D'après Celeste, vous avez été ranger dans l'armée, ajoutai-je pour rompre le silence. Comment était-ce? insistai-je en voyant qu'il serrait les lèvres.

–La période la plus exaltante de ma vie.

Il se tut de nouveau. Pour réfléchir, cette fois.

–Au début, finit-il par reprendre, l'idée était de m'éloigner des miens, de mon père, surtout. Mais, une fois engagé, j'ai adoré. J'y aurais fait carrière si…

Si ce choix ne lui avait pas été retiré. Lucas avait donc dit la vérité, malgré l'animosité qu'il éprouvait. Le sens de l'honneur de Jeremiah l'avait contraint à renoncer à une existence qu'il aimait pour sauver l'entreprise familiale et tous ceux qui en dépendaient. Inclinant la tête, je la posai sur son épaule. Il se tendit, je craignis qu'il me repousse, puis il se relaxa et m'attira contre lui. Il émanait de lui une odeur merveilleuse, un mélange de chocolat et de cerise. La peau de son cou était assez proche pour qu'il me suffise de tourner le menton et de vérifier s'il avait aussi bon goût qu'il sentait bon…

Me rappelant que nous étions nombreux dans la salle, et sans doute sous le feu des regards des curieux, je relevai la tête, mais sans m'écarter pour autant. Mon cavalier avait dû déchiffrer mes intentions, car il se plaqua contre moi et je sentis une bosse appuyer contre mon ventre. Un désir presque douloureux m'emplit, des picotements me parcoururent du sommet du crâne jusqu'aux orteils, et je retins un léger soupir. Sa seule présence agissait sur moi comme une drogue, comme un puissant aphrodisiaque qui me donnait envie de l'attirer dans un endroit intime pour nous adonner à des coquineries. Son regard reflétait le même désir. Il resserra sa prise autour de mes reins, frotta son membre durci à l'intérieur de ma cuisse, et je fus submergée d'une soudaine vague de chaleur.

Tout à coup, quelqu'un tapota sur un micro : une voix résonna en français dans les haut-parleurs. Gaspard.

– Mesdames, messieurs, j'aimerais profiter de l'occasion pour remercier certains généreux invités de notre assemblée, ce soir.

– À mon avis, c'est de vous qu'il parle, murmurai-je.

En effet, tous les yeux étaient rivés sur nous. Le morceau se termina, mais Jeremiah continua de me tenir entre ses bras quelques secondes encore. Quand il recula, il ne me lâcha pas et porta mes doigts à ses lèvres.

Le cœur battant, je déglutis. Celeste m'avait confié que la presse et la plupart des gens prenaient les assistantes personnelles de Jeremiah pour des relations professionnelles. Sauf que là, il allait être difficile d'en convaincre les témoins de la soirée. Mince ! Je commençais à perdre pied tellement les signaux qui se bousculaient dans ma tête étaient contradictoires. Chaque chose en son temps, me dis-je, quand mon employeur libéra ma main pour se diriger sur l'estrade et faire face à l'assistance. L'aventure pouvait se terminer du jour au lendemain, et je me retrouverais dans un appartement minable du New Jersey.

Malgré la force que Jeremiah donnait à notre relation professionnelle et personnelle, je savais que j'étais libre de partir dès que je le voudrais. Même si les termes de notre contrat n'étaient pas d'une égalité flagrante, cette possibilité me semblait le seul élément un peu solide dans le chamboulement permanent de ma vie aujourd'hui. Mais l'idée de m'en aller me brisait le cœur. Si Jeremiah n'était pas du genre à jouer des mauvais tours, contrairement à Lucas, il était parfois difficile à saisir.

– Vous réfléchissez trop, ma douce.

Je sursautai quand la voix de l'aîné des Hamilton résonna à quelques centimètres seulement de mon oreille.

– Fichez le camp! soufflai-je, sans quitter son cadet des yeux.

Mon patron avait rejoint Gaspard, qui s'était lancé dans un petit discours en français, et je n'osai imaginer la réaction de Jeremiah s'il découvrait que Lucas se tenait à côté de moi.

– Pas de panique. Il m'a juste paru malpoli de partir sans dire au revoir à une aussi jolie femme.

J'émis un reniflement sceptique.

– Allez plutôt embêter Anya, je suis sûre qu'elle s'y est habituée maintenant.

Mon ton avait été sec, même si j'avais veillé à ne pas parler trop fort. Un ricanement sourd accueillit ma réponse. Heureusement, la plupart des invités nous ignoraient.

–Si vous voulez vous venger de votre frère, je vous prie de ne pas m'y mêler, sifflai-je.

–Oh ! Mais c'est tellement plus drôle ainsi !

Des mains saisirent mes hanches, et je résistai tout en lançant un coup de pied en arrière, qui atteignit sa cible. Il me lâcha et, un bref instant, je savourai ma victoire avant de l'entendre rire à nouveau. Entre-temps, Jeremiah était monté sur scène, et je priai pour qu'il ne se tourne pas dans notre direction.

–Vous allez m'attirer des ennuis, grognai-je.

–Je suis sûr que vous adorez ça, ronronna Lucas.

Je lui lançai un regard furieux. Un sourire autosatisfait étirait ses lèvres, tandis qu'il me détaillait avec une gourmandise non dissimulée. Je levai les yeux au ciel et décidai de l'ignorer. Je me tournai vers la scène… pour découvrir les prunelles de Jeremiah rivées sur moi, si intenses qu'elles me clouèrent sur place. Mince !

– Houps ! ricana son frère. J'ai l'impression qu'il vient de repérer notre petit *tête-à-tête*. Je me demande ce qui peut lui traverser l'esprit en ce moment.

Lucas ponctua sa phrase de caresses sur ma nuque du bout des doigts. Je m'écartai vivement de lui. À en juger par son expression maussade, mon patron et amant n'appréciait pas du tout la plaisanterie de son aîné. J'étais prise dans un dilemme : malgré mon poing serré et mon envie de m'en servir, j'avais conscience qu'agir avec brusquerie ne ferait qu'attirer sur nous une attention malvenue ; de plus, cela allait amuser le serpent près de moi. Jeremiah ne nous quittait pas des yeux, et Lucas, même s'il ne me touchait plus, paraissait bien décidé à me coller le plus possible. Je me représentais trop bien les idées qui pouvaient tourmenter mon employeur.

Heureusement, Gaspard vint à notre secours. Ayant remarqué la distraction de Jeremiah et la situation dans laquelle je me trouvais, il assena une bourrade sur le bras du milliardaire et parvint à l'intéresser à autre chose qu'à son frère et moi. Un soupir de soulagement m'échappa. Un souci de moins, en tout cas pour l'instant. Les deux hommes se serrèrent la main devant les appareils photo, ce qui mit un terme à ce moment officiel.

– C'est le signe qui m'indique de partir, marmonna Lucas.

Il se pencha vers moi, son torse frôlant mon épaule, et déposa un rapide baiser sur ma joue. J'eus beau bondir aussitôt sur le côté, je compris au visage sombre de Jeremiah qu'il n'avait rien perdu de la scène.

– *Au revoir, chérie*, souffla Lucas avant de disparaître.

Il me laissait seule pour affronter le taureau furieux qui fonçait sur moi. Sachant qu'il serait vain de plaider ma cause, je gardai le silence quand il me rejoignit.

– Partons d'ici.

Son ton ne permettait aucune objection. Une main posée sur ma chute de reins, il me conduisit habilement à travers la foule. Heureusement, personne ne s'intéressa à notre départ précipité. Et je connus enfin le soulagement que j'espérais depuis un bon moment. Je n'avais plus à me soucier de trébucher sur mes talons ni de me ridiculiser. L'euphorie que j'avais ressentie à aider Cherise et David s'était évaporée, et je n'étais pas loin de l'épuisement.

Jeremiah gardait le regard fixé sur les portes, et j'eus l'impression qu'il faisait exprès de m'ignorer. L'intransigeance de son visage m'inquiéta, car je ne savais pas ce qu'elle me réservait. La douce intimité que nous avions partagée pendant notre danse s'était envolée. Je me gardai de parler, me promettant d'envoyer dès que possible un mail à mes amis pour leur faire des adieux tardifs et leur souhaiter bonne chance dans leur entreprise.

La limousine nous attendait devant la sortie. Nous évitâmes les derniers paparazzis et montâmes dans la voiture, puis le chauffeur referma la portière derrière nous. Je m'installais sur le rebord d'une banquette latérale, face à Jeremiah. Au moment où nous démarrions pour regagner notre hôtel, il ferma la cloison en verre noir pour nous isoler du chauffeur.

Par instinct, je jetai un regard vers l'avant scellé de la voiture, et Jeremiah profita de ce moment d'inattention pour passer à l'attaque : il me repoussa brusquement sur la banquette et j'étouffai un cri de surprise. Me dominant de toute sa taille, il pesait sur l'une de mes épaules, me plaquant au cuir du siège. Ses prunelles s'attardèrent sur ma poitrine avant de remonter vers mon visage. Le feu qui les ravageait me serra la gorge.

–Écartez les jambes pour votre Maître!

Sous l'effet du choc, j'entrouvris les lèvres. Ma respiration devint saccadée, tandis que son autre main glissait le long du tissu qui moulait ma hanche. Quand la fermeture de ma robe s'ouvrit, il y glissa les doigts afin de caresser l'intérieur de ma cuisse.

–À propos de votre frère, tremblai-je, voulant me justifier à tout prix tellement j'étais nerveuse, il ne s'est rien passé. Je l'ai confondu avec vous et…

–Non!

Je me tus. Jeremiah interrompit ses gestes, tendu comme un arc.

–Je ne veux plus entendre parler de mon frère ce soir, lâcha-t-il. S'il vous plaît, ajouta-t-il de mauvaise grâce.

Quand j'opinai, il se relaxa un peu.

–Et maintenant, reprit-il, où en étions-nous?

Sa main s'insinua entre mes genoux, les força à s'ouvrir, tandis qu'elle remontait vers le haut de ma jambe. Je cessai de respirer, le ventre noué, lorsque ses doigts tirèrent sur la jarretelle de ma cuisse et frôlèrent ma peau jusqu'à s'infiltrer sous la ceinture, autour de mes hanches. Malgré moi, je serrai les jambes, il s'arrêta.

–Vos jambes!

L'ordre se referma sur moi, tel un filet de sensualité, et je déglutis. Mon corps s'était déjà mis à vibrer, je haletais presque. Une partie de moi redoutait ce qu'il allait m'infliger; même si je ne m'attendais pas à quoi que ce soit de douloureux ni d'avilissant, j'avais peur de perdre complètement le contrôle sur moi. C'était d'ailleurs peut-être ce qu'il recherchait. Avec un soupir frémissant, j'obligeai les muscles de mes cuisses à se décontracter et écartai les genoux.

–Encore!

J'obéis en serrant les lèvres et me dévoilai à lui. Sa main quitta mon épaule pour prendre appui sur le dossier de la banquette. Quand un doigt vint appuyer sur la fine barrière de ma culotte, j'étouffai un gémissement et arquai mon corps sous l'effet du plaisir. Il attrapa mes cheveux afin de bloquer mes mouvements, et sa main palpait mes chairs. Il se pencha tout près de moi.

–Vous êtes à *moi*, murmura-t-il, les yeux luisants. Je veux vous l'entendre dire.

Il continuait à me caresser, sa poigne se resserrait autour de ma chevelure et je geignais de bonheur.

–Je suis à vous, parvins-je à souffler avec difficulté.

Mon corps tremblait comme un cœur battant. Les yeux fermés, j'étais toute entière concentrée sur les sensations que son contact suscitait en moi. L'agréable douleur du désir se répandit dans mon bas-ventre. Retirant mes chaussures, je m'arc-boutai sur le sol et poussai mes hanches vers la main magicienne.

–Répétez.

–Je suis à vous, Maître.

Ses doigts tirèrent brutalement mes mèches et je rouvris les yeux en haletant. Ses prunelles fouillaient les miennes, je n'aurais su dire en quête de quoi, mais je crois que, de toute façon, je n'étais pas en mesure de lui cacher quoi que ce soit. Je ne voulais qu'une chose –lui; j'essayai de lui montrer à quel point j'étais désespérée qu'il me rejoigne. Les lèvres de mon vagin palpitaient, réclamaient qu'on les cajole, et je priai en silence pour qu'il m'en donne toujours plus.

Soudain, il relâcha sa prise autour de mes cheveux et se déplaça. Si l'intensité de son regard avait baissé d'un cran, il n'en était pas de même pour son exigence.

–Je veux que vous jouissiez pour moi, souffla-t-il, son visage tout près du mien.

Ses mots me firent fondre, sa voix grave envahit mon corps d'un plaisir sensuel. Ses doigts habiles s'activaient sans effort sous mes dessous, et je gémis sans retenue quand ils s'insinuèrent dans mes replis intimes pour caresser mon con mouillé. La voiture brimbalait doucement, me rappelant où je me trouvais, mais les légers cahots ne faisaient que renforcer mes sensations. Un majeur épais s'enfonça en moi, tandis que le pouce agaçait mon clitoris durci. Des soupirs saccadés filtrèrent de ma bouche entrouverte.

–Je suis le seul à être autorisé à agir ainsi, reprit Jeremiah, qui accentua ses paroles en taquinant une partie de mon corps avec une telle agilité que je bondis littéralement sur la banquette. Aucun autre homme ne vous touchera sans ma permission, ajouta-t-il. Est-ce clair ?

Secouée par des vagues de plaisir, en route vers un orgasme stellaire, je répondis par une sorte de murmure étranglé. De nouveau, il me tira les cheveux.

–Ou… oui ! parvins-je à prononcer.

–Je ne vous entends pas.

–Oui ! criai-je. S'il vous plaît, Maître !

–Regardez-moi !

Je rivai mes yeux sur son visage et le pouvoir incandescent qui émanait de ses prunelles me cloua sur mon siège. Son pouce frottait de plus en plus fort, tandis que son majeur s'incurvait en moi et s'activait avec une précision d'expert sur l'ouverture de mon con.

–Et maintenant, *jouissez* !

C'est avec un geignement ravi que je plongeai par-dessus bord. Le corps agité de soubresauts incontrôlables, j'agrippai sa veste, et tout en moi explosa. Mes ultimes forces quittèrent mon corps, et je me répandis sur le cuir de la voiture en tentant de retrouver ma respiration.

Jeremiah lâcha mes cheveux et se rassit à sa place, m'abandonnant sur la banquette. Si j'avais réussi à refermer les cuisses, je ne pouvais plus rien faire d'autre. J'étais encore secouée de frémissements, et j'avais les jambes en coton. La voiture ralentit et tourna, m'envoyant contre le dossier, et je sursautai quand une main se posa sur mon genou. Je déglutis et distinguai, de l'autre côté de la vitre teintée, la façade illuminée de notre hôtel qui me surplombait.

# 4

Nous parcourûmes le court trajet qui nous séparait de notre suite dans un silence impressionnant. J'avais à peine retiré mes hauts talons pour libérer mes orteils douloureux qu'un bras puissant entoura ma taille. Jeremiah colla son corps dur contre le mien et me plaqua au mur. Une cuisse musculeuse s'insinua entre mes jambes et, avant que j'aie pu saisir ce qui m'arrivait, il me donna un baiser passionné. Encore excitée par ce qui s'était passé dans la limousine, je croisai mes doigts autour de sa nuque et dans ses cheveux, tout en répondant à son baiser avec force et gémissements.

Ses mains s'arrondirent sur mes fesses, il me souleva et me coinça entre le mur et lui. Je m'accrochai à ses épaules pour conserver mon équilibre, mais il me tenait fermement, tandis que ses lèvres et ses dents glissaient le long de mon cou. Ses mains caressèrent mes cuisses avant de nouer mes jambes autour de sa taille. Je sentis son érection appuyer sur mon bas-ventre déjà affamé.

– Mienne, murmura-t-il.

Sa voix grave parcourut mon corps, tel un raz-de-marée. Emprisonnant mes poignets dans une seule main, il les cloua au-dessus de ma tête. Sa bouche revint à la mienne, la suçota, la mordilla. Son autre main pétrissait la chair tendre de mes seins, le pouce agaçait mes tétons et je me cambrai vers lui.

Son désir et sa passion m'incendièrent. Je geignis, le corps tendu comme un arc pour me rapprocher encore et encore de lui. Il fit bouger ses hanches, je poussai un petit cri. Ses dents jouèrent avec mon lobe avant de descendre lentement le long de ma gorge, et je perdis toute notion du monde.

À un moment, je me rendis compte que nous nous déplacions, mais la réalité ne s'imposa à moi que quand l'univers bascula, me faisant atterrir sur le dos, au milieu du grand lit. Jeremiah ne perdit pas de temps à se coucher sur moi, sans se soucier de ma robe luxueuse qu'il froissait d'une main rude. Sa ferveur accentua mon désir. J'en voulais plus, j'en avais *besoin*. Mais quand je me risquai à le toucher, il emprisonna de nouveau mes poignets, qu'il immobilisa près de ma tête, tandis qu'il suçait et taquinait mon cou.

–Tournez-vous.

Je me dépêchai d'obéir et sentis la fermeture de ma robe glisser le long de mon dos et sur mes reins. Il dévoila ma peau puis fit courir ses lèvres sur ma colonne vertébrale. Je m'arquai comme un chat, jouissant de la caresse, puis entendis le bruit métallique de la boucle de sa ceinture qu'il défaisait. Excitée par la promesse de ce son, je tendis le derrière pour le frotter contre son bas-ventre. À ma plus grande joie, sa respiration devint plus courte.

Ses mains agrippèrent de nouveau les miennes et les tirèrent vers la tête de lit. La sensation du cuir frais autour de mes poignets m'amena à regarder. Jeremiah était en train de m'attacher aux barreaux en laiton. Pour le coup, j'étais bel et bien prisonnière ! Ensuite, il entreprit de m'ôter ma robe. Je soulevai le bassin pour qu'il puisse la tirer. Il la jeta en boule par terre. Il se mit à pétrir mes fesses et écarta mes jambes. Je m'agenouillai, mourant d'envie d'un contact plus intime encore. J'étais à présent dans une position vulnérable, entièrement exposée, et un grognement appréciateur déclencha mes frissons.

D'une main brutale entre mes omoplates, il m'obligea à enfoncer ma poitrine dans le matelas. Puis il se pencha sur moi, et ses lèvres jouèrent sur mon dos. Mes soupirs de plaisir étaient des expirations haletantes, mes doigts agrippaient le cuir de la ceinture. Quand ses dents griffèrent la peau tendue de mon cul, je ne pus retenir le gémissement qui montait du plus profond de moi. Mon corps trembla de désir inassouvi, mais Jeremiah prenait son temps. Il caressa mes hanches puis mes fesses, son pouce glissa du creux de mes reins jusqu'à l'intérieur de mes cuisses mouillé.

Je bondis en avant quand il écarta mes chairs sensibles, et ma respiration se transforma en un rythme haché qui se répercuta dans le silence de la chambre. Je sentis son souffle sur moi – une indication de ce qui allait suivre –, puis ses lèvres et sa langue brûlante trouvèrent sans hésiter mon trou douloureux. Je me cambrai, mon cri rebondit sur le mur, tandis que sa langue léchait l'ouverture étroite avant de s'y enfoncer et que ses doigts jouaient avec mes lèvres. Tout mon corps frissonna de bonheur.

Il fit durer le plaisir au point que j'en vins à ruer et à le supplier.

– Pitié, ne cessai-je de répéter.

J'ignore pourquoi j'implorai sa pitié, d'ailleurs. Pour qu'il cesse cette torture délicieuse? Pour qu'il continue et me donne encore plus de jouissance? Les deux, sans doute.

Mais sa seule réponse à mes prières fut de rire doucement et de continuer à m'assaillir de caresses.

Quand il finit par introduire un doigt en moi, je m'enfonçai dessus avec avidité. Il se contrôlait et dominait mon plaisir. Mais lorsqu'il commença à frotter mon sexe, mes sensations ne firent que s'accentuer, et je me sentis couler le long de mes cuisses. Je devais me mordre les lèvres pour ne pas hurler sous l'effet de sensations aussi aiguës et intenses.

Soudain, il s'écarta puis me remit sur le dos, face à lui. Je contemplai son visage empreint de sauvagerie quand il écarta de force mes genoux, y noua l'un de ses bras et planta toute sa queue au plus profond de moi, d'un seul coup. Je cambrai les reins et fermai les yeux, le souffle coupé par cette invasion si brusque. Les poignets toujours attachés, je subis ses assauts violents, prisonnière de sa passion débridée.

– Regardez-moi.

J'ouvris les yeux et admirai son beau visage intense. Une main remonta le long de mon corps et s'enroula autour de ma gorge, tandis qu'il baissait la tête tout près de la mienne. Ses hanches poursuivaient leur va-et-vient impitoyable, déclenchant des vagues de plaisir qui me rendaient folle.

– Dites mon nom.

– Jeremiah, soufflai-je en frottant mes seins à son torse.

Sous ma lingerie, mes mamelons dressés exigeaient qu'on les caresse. Je repliai ma jambe libre pour la plaquer avec force sur ses reins et crocheter mes chevilles l'une à l'autre. Il écarquilla les yeux, accéléra le mouvement de ses coups de boutoir.

– Encore !

– Jeremiah ! hurlai-je d'une voix désespérée, presque un sanglot. Pitié !

Sa main se referma sur mon cou, pas assez pour m'étrangler mais suffisamment pour que le sang me monte à la tête. Son autre main entreprit de malaxer ma poitrine à travers le tissu rigide de mon corset, en pinçant fortement les tétons. Mes hanches bougeaient au rythme de ses allers et venues qui m'amenaient, lentement mais sûrement, vers la jouissance absolue, presque à l'orgasme mais pas encore…

De nouveau, Jeremiah referma ses doigts sur mon cou, me coupant le souffle avec assez de puissance pour trancher dans le brouillard du plaisir. Mes yeux s'ouvrirent vivement sur les siens, si verts, et j'y lus le même besoin que celui qui courait dans mes veines. Je me laissai aller à mes sensations, décidant de lui faire confiance malgré mes poumons qui commençaient à brûler.

Tout à coup, il me lâcha et s'enfonça encore plus fort, tout en tordant doucement l'un de mes tétons. Le retour brutal de ma respiration et du sang dans mon corps fut trop pour moi et, avec un cri et un tremblement, je jouis pour la seconde fois ce soir-là. Surfant sur mon plaisir, je me tordis sous lui et tirai sur la ceinture qui retenait mes poignets.

J'ignore combien de temps il me fallut pour revenir à la réalité, mais je finis par retrouver mes esprits. Jeremiah était toujours couché sur moi. Ses prunelles guettaient la moindre de mes réactions. Une de ses mains glissa sur ma joue, et ce fut le premier contact tendre depuis notre arrivée dans cette chambre. Quand son pouce caressa mes lèvres, j'ouvris la bouche, aspirai le doigt et le mordillai.

C'est alors que, remarquant le feu qui couvait dans son regard, je pris conscience qu'il était toujours aussi dur en moi.

Il libéra mes mains. Mes doigts étaient engourdis, mes poignets douloureux, mais ça m'était égal. Sans cesser de le fixer dans les yeux, j'appuyai sur son épaule pour qu'il bascule sur le lit. À mon grand étonnement, il m'autorisa ce geste, et je suivis le mouvement jusqu'à me trouver au-dessus de son corps imposant. Si, dans la bataille qui avait précédé, il s'était débarrassé de sa veste et de son pantalon, il avait conservé sa chemise blanche, dont seuls les deux boutons du haut étaient défaits. J'enfourchai ses hanches, sentis son sexe érigé appuyer sur mes fesses. L'un après l'autre, je défis les boutons de son vêtement.

Je ne l'avais encore jamais vu nu et, malgré la langueur qui alourdissait mes membres, j'étais aussi avide de découvrir son corps que lui le mien. S'il me scrutait, il ne m'empêcha pas de lui ôter sa chemise et de caresser son torse ferme. Il n'avait pas un poil de graisse. Les contours de ses muscles saillaient d'une façon impressionnante sur sa peau mate, autour de ses petits tétons sombres. Mais des cicatrices déparaient une telle perfection : une fine étoile blanche et irrégulière sur l'une de ses épaules, des lignes plus ténues à travers sa poitrine et son ventre. Je les lissai de l'index, l'une après l'autre. Il tressaillit mais, là encore, ne m'arrêta pas.

Il était mien, à son tour. Ma possessivité me surprit. Je promenai mes mains sur son abdomen et ses pectoraux avant de me pencher pour observer ses traits. Impassible, il me laissa détailler d'un doigt la courbe de ses joues, la carrure de son menton qui, même rasé de près, picotait légèrement, comme une feuille de papier de verre. Il était si beau ! Prenant sa mâchoire dans ma main, je me soulevai un peu avant de me placer au-dessus de son membre durci.

Je baissai la tête vers son visage quand une main se plaqua sur mon épaule, m'arrêtant net, à quelques centimètres de ses lèvres. J'eus du mal à déchiffrer l'éclat de ses prunelles, qui exprimaient une sorte de retenue, de précaution, dont le sens m'échappa. Si sa main me retenait de descendre plus avant, rien de m'empêchait d'onduler du bassin, et je finis par m'empaler sur lui. Il déglutit, sa pomme d'Adam montant et descendant. Je commençai à remuer les hanches et à glisser lentement sur son érection. Un soupir lui échappa. La main qui maintenait mon épaule se détendit, et je baissai la tête pour embrasser son cou, jusqu'à la cicatrice en forme d'étoile, sans cesser de rouler autour de son sexe.

Ma bouche traça le contour de la peau blanche, mon index taquina l'un de ses tétons. D'aussi près, la marque était plus grosse que je l'avais cru. Ses bords étaient moins décolorés que l'intérieur, mais le derme en était fripé. Je relevai la tête et vis qu'il m'observait de cet air toujours aussi impénétrable. Ses lèvres pleines étaient entrouvertes, je mourais d'envie de les goûter. Me redressant, je fis de nouveau courir mes doigts de chaque côté de son visage.

–Vous êtes tellement beau, soufflai-je, incapable de le quitter des yeux.

Le désir qui allumait les siens s'intensifia. Je fixai sa bouche sensuelle; il emmêla ses doigts dans mes cheveux et attira mon visage vers le sien. Nos lèvres se heurtèrent, saisies d'une même avidité. Son autre main s'enfonça dans ma hanche, tandis que je le chevauchai sauvagement tout en caressant son torse.

Soudain, un téléphone portable vibra longuement, au point d'en devenir agaçant.

– Apparemment, quelqu'un tient absolument à vous parler, ronronnai-je avec un sourire.

– Qu'ils rappellent plus tard, gronda-t-il.

Alors il donna un coup de rein violent afin de s'enfoncer plus profondément en moi. Je poussai un cri, oubliant tout de l'interruption gênante. Jeremiah me fit rouler sur le dos, ses dents trouvèrent mon cou, et il me cloua sur le matelas avec ses va-et-vient. J'agrippai mes cuisses autour de lui, gémissante, tandis qu'il me transperçait encore et encore. Mes ongles griffaient son dos, sur lequel je m'appuyais pour répondre à ses mouvements. Il me tira les cheveux, m'obligeant à le regarder. Un désir proche du désespoir éclairait ses prunelles, et j'éprouvai un moment de triomphe quand il geignit et jouit en moi dans un ultime coup de rein.

Les paupières closes, je m'accrochai à son corps frissonnant. J'adorais son poids sur moi, il me donnait l'impression d'être en sécurité. Je poussai un soupir repu.

–Je…

« Vous aime. »

J'ouvris aussitôt les yeux, frappée par ce que j'avais failli dire. Horrifiée, même. Je fixai le plafond, tandis que Jeremiah se retirait et s'allongeait à mon côté. J'avalai ma salive, le souffle court. Avais-je vraiment été sur le point de prononcer ces mots ?

Sans un bruit, je m'écartai de lui, regagnant le rebord du lit avant de m'enfuir vers la salle de bains contiguë à la chambre. Tirant le verrou derrière moi, je regardai mon reflet dans le miroir, encore bouleversée par les paroles qui avaient traversé mon esprit.

Je connaissais cet homme depuis quoi… deux jours ? En tout cas pas assez pour déclarer ma flamme. Pourtant, la phrase avait manqué de m'échapper, et j'en étais remuée. C'est avec des mains tremblantes que je tournai les robinets du lavabo et pris un gant de toilette pour me laver.

Je n'avais jamais connu de liaison où les mots fatidiques avaient été échangés. Même adolescente, j'avais l'esprit trop pratique pour les dire à quiconque, excepté à mes parents. Qu'ils me soient passés par la tête, à deux doigts de sortir de ma bouche, me bouleversait.

Il était beaucoup trop tôt pour ça, me dis-je en me grondant. Malheureusement, je me rappelai mon père, qui avait toujours affirmé qu'il s'était épris de ma mère dès qu'il l'avait vue. Je repoussai ce souvenir. Mon père avait été le romantique de la famille, ma mère la plus pragmatique des deux. Je tenais d'elle. J'avais tendance à regarder autour de moi avant de plonger. Il n'empêche, la situation dans laquelle je me trouvais avec Jeremiah m'était totalement inconnue.

Des coups frappés me tirèrent de mes réflexions. Passant la tête par la porte de la salle de bains, j'entendis qu'on tambourinait au battant de la suite. Heureuse de cette diversion, j'attrapai un peignoir, l'enfilai et allai jeter un œil par le judas. Un employé en uniforme de l'hôtel était planté devant la porte. Il tenait un objet que je ne réussis pas à identifier.

Curieuse, j'entrebâillai le battant. L'homme s'inclina légèrement devant moi.

–Un cadeau pour M. Hamilton et son invitée, annonça-t-il dans un anglais parfait, en me montrant une bouteille de champagne et deux flûtes.

Je haussai les sourcils sous l'effet de la surprise. Ne sachant comment réagir, je lui pris son présent. Avec une seconde révérence, il recula d'un pas et je refermai la porte. Je tournai les talons, arrêtai mon geste, puis rouvris.

–Je vous dois quelque chose?

Mais l'homme avait déjà disparu. Je refermai à clé, emportant la bouteille et les verres dans la chambre à coucher.

Allongé sur un fauteuil, Jeremiah avait son portable collé à l'oreille. Quand il m'aperçut, son visage s'éclaira d'un grand sourire, ce qui ne manqua pas de m'étonner. Mon cœur eut un raté devant tant de beauté. J'avais du mal à croire qu'il était mien.

Pour l'instant, me rappelai-je aussitôt, tempérant mon enthousiasme. Décidément, la réalité se manifestait toujours aux pires moments.

Jeremiah reposa le téléphone et tendit le bras vers moi.

– Approchez.

J'acquiesçai et m'emparai de sa main.

– À genoux !

Je m'exécutai sans réfléchir. Sa paume se mit à caresser ma chevelure. Une partie de moi se demandait pourquoi j'étais aussi obéissante. Même si je n'étais pas une féministe enragée, j'avais ma fierté. Et pourtant, autoriser cet homme à me dominer suscitait en moi une forme de paix que je n'avais pas ressentie depuis longtemps. Ma vie avait tellement pesé sur moi que cela ressemblait en quelque sorte à des vacances. De plus, l'approbation que je lus dans ses yeux fut une récompense qui valait la peine de me montrer docile, même si mon côté pratique m'empêcherait de trop m'abaisser.

– Qui était-ce ? demandai-je.

– Personne d'important, répondit-il. Sinon, ils auraient laissé un message. Et ça, ajouta-t-il en désignant la bouteille et les flûtes, qu'est-ce que c'est ?

– Un cadeau, apparemment.

Il me les prit des mains et examina la bouteille.

–Une bonne marque, commenta-t-il. Sûrement un des invités du gala.

–Je n'ai jamais eu l'occasion de boire du champagne français, avouai-je, épatée qu'il soit capable de déterminer qu'il s'agissait là d'une bonne bouteille.

–Vraiment? s'étonna-t-il.

–Juste du cidre quand j'étais jeune, puis, adolescente, des pétillants de mauvaise qualité. Adulte, je ne fréquentais pas les endroits où on en sert.

–Eh bien, sachez que vous avez droit à un excellent vin pour votre première.

Il m'aida à me relever et m'entraîna vers le bar de la suite. Je l'observai avec amusement retirer le muselet puis diriger la bouteille vers le plafond et la déboucher bruyamment. Il emplit les deux flûtes à moitié et m'en tendit une.

–Buvez.

Le liquide jaune pâle pétillait dans le verre, pas très différent de ce que j'avais pu connaître plus jeune. Bizarrement, la première gorgée me sembla très amère, et je plissai le nez tandis que les bulles explosaient sur ma langue. Un autre essai ne réussit pas davantage à me faire apprécier la boisson.

–Euh… je ne dois pas être faite pour le luxe.

Jeremiah éclata de rire et je sursautai. Il paraissait plus détendu et ouvert que jamais, sans que j'en saisisse la raison. Il me regarda avec un air de petit garçon, qui me fit fondre. Cet homme se doutait-il à quel point il était craquant quand il dévisageait une femme de cette façon?

– Il faut peut-être un peu de temps pour s'habituer au goût, dit-il.

Il remua son propre verre, mais ne but pas, préférant me couver des yeux. Je rougis avant de me sermonner. Allons, j'étais une grande fille. Je pouvais prendre l'initiative.

–Avez-vous déjà… euh… joué… avec des aliments?

Ce fut à son tour de sursauter, et il me dévisagea avec une stupeur non feinte.

–Et vous? contra-t-il aussi sec.

Je secouai la tête, ce qui eut le don de le surprendre. La malice éclaira ses traits. Je n'en revenais pas. Il était d'une humeur presque joyeuse, bien loin de sa gravité habituelle. Mais le défi que je déchiffrai dans ses yeux réveilla la rebelle qui sommeillait en moi. Sans quitter son regard, je cassai la tête en arrière et renversai mon verre sur ma poitrine. Le liquide coula sur mon peignoir et entre mes seins.

Mon audace eut l'effet escompté, et les prunelles de Jeremiah s'assombrirent. Il m'attira dans ses bras.

– Vilaine allumeuse, ria-t-il en retirant la flûte de mes doigts avant de poser ses lèvres sur ma gorge.

Une crampe traversa tout d'un coup mon ventre. Je tressaillis, mais sans y prêter plus d'attention que cela. Les lèvres de mon amant descendirent vers la boisson qui recouvrait ma peau. À ce moment, mon estomac se tordit de nouveau et je poussai un léger cri, puis basculai en avant. L'amusement céda la place à l'inquiétude sur le visage de Jeremiah.

– Qu'y a-t-il ?

Sa voix sévère exigeait une réponse. Sauf que je n'en avais aucune à lui donner.

–Je ne me sens pas bien, parvins-je à articuler.

Je titubai jusqu'à l'évier du bar. J'eus à peine le temps de l'atteindre pour y vomir le maigre contenu de mon estomac. J'avais du mal à me tenir debout, même en m'appuyant au comptoir en marbre.

J'entendis un bruit de verre brisé dans mon dos et me retournai. Une tache sombre, le reste de mon verre, se répandait sur le sol. Jeremiah attrapa le téléphone le plus proche, tandis que j'étais prise de nouvelles nausées.

–Envoyez tout de suite un médecin dans ma suite ! hurla-t-il.

Quand mes jambes se dérobèrent sous moi, il lâcha l'appareil pour prévenir ma chute.

–Lucy? Ne vous évanouissez pas !

Mon ventre était si douloureux que je ne pouvais plus me retenir de crier. Une main lissa en arrière mes mèches soudain humides, et je frissonnai en gémissant, incapable de contrôler mon corps. Je sentis qu'on me couchait par terre, la silhouette floue de Jeremiah traversa mon champ de vision.

–Un médecin! Tout de suite!

Un rugissement emplit mes oreilles, comme un torrent derrière lequel me parvenait la voix de mon patron. Bien que je sois assourdie, j'en détectai les accents frénétiques. Puis je me raidis, mes muscles se tétanisant dans une douleur fulgurante, et je sombrai dans le noir.